Alun yr Arth
y Môr-leidr

stori a lluniau gan
Morgan Tomos

y Lolfa

i Robin a Carwyn

Diolch i Ann a Maldwyn

Cyfres Alun yr Arth, rhif 6

Argraffiad cyntaf: 2005
Ⓟ Hawlfraint: Morgan Tomos a'r Lolfa Cyf., 2005

ISBN: 0 86243 790 3

Cyhoeddwyd ac argraffwyd yng Nghymru gan:
Y Lolfa Cyf., Talybont, Ceredigion SY24 5AP
e-bost ylolfa@ylolfa.com
www.ylolfa.com
ffôn +44 (0)1970 832 304
ffacs 832 782

Un diwrnod roedd Alun yr Arth yn rhedeg yn wyllt.

"Ha ha ha!" chwarddodd Alun.
Roedd yn hoffi creu llanast! Ond...

… cyn bo hir roedd Alun wedi cael llond bol.

"Mam," meddai, "dwi wedi diflasu. Gawn ni fynd i'r siop i brynu tegan newydd?"

"Tegan newydd?" meddai Mam, "Mae gen ti hen ddigon o deganau. Beth am i ni fynd i'r dre i brynu llyfr?"

"Llyfr!!?" meddai Alun. "Llyfr?!!!!! Tydi hynna ddim hwyl! Tydi llyfr ddim yn degan!"

Ond er i Alun gwyno a chwyno, nid oedd Mam am wrando.

Cerddodd Mam, Dad ac Alun i'r dre ond roedd Alun yn llusgo'i draed bob cam o'r ffordd. Aethant heibio'r siop deganau.

"Mam! Dad!" gwaeddodd Alun, "Edrychwch! Y siop deganau. Llond y lle o deganau!"

Ond nid oedd Mam a Dad yn cymryd unrhyw sylw.

Llusgodd ei fam Alun heibio'r siop.

"Ond, Mam!" cwynodd Alun, "Dwi eisiau tegan!"

O'r diwedd, dyma nhw'n cyrraedd y siop lyfrau.
"Helô," meddai Dynes y Siop, "A beth yw dy enw di?"

"Alun ydw i," atebodd yr arth fach. Yna gofynnodd
"Ydach chi'n gwerthu teganau?"

"Nac ydym," meddai Dynes y Siop, "Siop lyfrau yw hon. Tyrd i weld ein llyfrau plant. Mae digon o ddewis i ti."

9

"Cer i ddewis llyfr, Alun," meddai Mam a Dad.

Nid oedd Alun yn hapus o gwbl tan iddo edrych yn iawn drwy'r llyfrau. Roedd rhai yn edrych yn ddifyr.

Gwelodd lyfr o'r enw *Môr-ladron Cymru* – hanes Barti Ddu, Capten Harri Morgan a sawl dihiryn arall. Wrth iddo ddarllen, nid Alun yr Arth mohono bellach, ond…

… Capten Alun Wyllt!!

Y môr-leidr mwyaf erchyll ac *arth*swydys erioed!

Trodd i wynebu ei elynion!

"Ble mae'r trysor?!" mynnodd Capten Alun Wyllt.
"Dim o dy fusnes di!" atebodd ei bedwar gelyn mawr.

13

Gyda'i wn,
saethodd Capten
Alun Wyllt y rhaff
a oedd yn dal prif
hwyl y llong.

Disgynnodd yr hwyl.
"Dyna ddau o'r
dihirod wedi'u trechu
o dan y gynfas."
meddai Alun.

Yna, aeth Capten Alun Wyllt ar ôl y nesaf gyda'i gleddyf.

"I'r môr a ti!" gorchmynnodd Capten Alun Wyllt. "Iaw, iaw!" bloeddiodd y dihiryn cyn neidio i'r dŵr mawr, dwfn.

Gorfododd Alun y pedwerydd gwalch drwg i gerdded y planc.

"Ble mae'r trysor?" mynnodd Alun.

"Yn y caban!" atebodd y dihiryn yn ofnus, cyn disgyn i'r môr.

Taniodd Capten Alun Wyllt y canon a ffrwydrodd ddrws y caban ar agor.

Roedd darnau o aur ac arian yn disgyn drwy'r awyr.
"Hwrê!" gwaeddodd Capten Alun Wyllt. "Trysor!"

"Alun! Alun!! ALUN!!!"

Clywodd Alun rywun yn galw ei enw a daeth ato'i hun yn sydyn. Nid Capten Alun Wyllt mohono o gwbl, ond Alun yr Arth Bach Drwg.

Nid ar fwrdd llong oedd o chwaith ond yn y siop lyfrau. Roedd y siop yn llanast llwyr.

"O diar… " meddai Alun.

Nid oedd gŵr a gwraig y siop lyfrau yn hapus o gwbl!

Bu'n rhaid i Alun, Mam a Dad drwsio'r siop a rhoi trefn arni unwaith eto.

Wedi cyrraedd adref, gyrrwyd Alun yn syth i'w wely am fod mor ddrwg.

Ond roedd Alun yn falch iawn o gael mynd i'w wely'n gynnar er mwyn darllen mwy o hanesion difyr am y môr-ladron. Y noson honno breuddwydiodd mai ef unwaith eto, oedd...

… Capten Alun Wyllt! Bu'n cipio llongau a dwyn eu trysor drwy'r nos.

Claddodd ei drysor i gyd ar ynys bell a nodi hyn ar ei fap. Yna, cuddiodd y map rhwng dudalennau ei lyfr newydd…

… a'i drysori.

Y bore wedyn, llusgodd Alun ei fam a'i dad
yn ôl i'r siop i brynu llyfr arall.

"O, na!!"